Ye

14376

ÉPITRE

A

MM. LENERT ET COSSUS

AU SUJET

DE LEUR NOUVEAU PROCÉDÉ

POUR L'ÉPURATION DES HUILES

SANS ACIDES ET SANS EAU

PAR M. J. ARNAUD

Lue le 23 avril 1857 au banquet d'inauguration qui a eu lieu à la Grande-Villette
rue de la Chapelle, 12

SIÉGE PRINCIPAL DE LA SOCIÉTÉ

❧

PARIS

LAROUSSE ET BOYER, ÉDITEURS

RUE SAINT-ANDRÉ-DES-ARTS, 49

1857

ÉPITRE

L'un avait le génie et l'autre avait la foi.

Ami, jouis en paix de ton destin prospère;
Le sort que t'a prédit le père de ton père
Va bientôt s'accomplir, et ta félicité
Imposera silence à l'incrédulité.
Heureux qui met en Dieu tout sa confiance !
Dieu parfois donne aux morts le don de prescience ;
L'avenir se dévoile au cœur simple et pieux.
Quand ton grand-père alla rejoindre ses aïeux,
Il promit la fortune à ta crédule enfance,
Et toi, gardant la foi contre toute apparence,
Sans souci du présent, sans regret du passé,
Riche des rêves d'or dont ton cœur est bercé,
Vers l'avenir promis tu marchais d'un pied ferme.
Tu savais qu'ici-bas toute épreuve a son terme,
Et tu vivais en paix sur la foi d'un mourant.
Tel, quand la nuit est calme et la mer sans courant,

Le pêcheur, endormi sur la foi des étoiles,
Laisse errer sa nacelle et vogue à pleines voiles.
Modéré dans tes vœux et simple dans tes goûts,
Admirant la grandeur sans en être jaloux,
Tu demandais au ciel une modeste aisance;
Ce bien-être doré qui charme l'existence,
Donne la paix à l'âme et fait croire aux bonheur;
Et Dieu, réalisant les désirs de ton cœur,
Au-delà de tes vœux accomplit sa promesse,
Et, prodigue envers toi, te comble de richesse.
Mais des faveurs du ciel ton cœur n'est point surpris;
De ton ardente foi ta fortune est le prix.
Désormais tu peux dire à ces esprits sceptiques,
Qui raillaient dans leur cœur tes instincts prophétiques :
Vous qui ne croyez vrai que ce que vous voyez,
Hommes de peu de foi! venez voir et croyez.

Jadis, certain docteur de profonde ignorance,
D'un système erroné soutenant la défense,
Niait le mouvement; l'absurde en pareil cas
Par le raisonnement ne se réfute pas.
Le plus simple est d'aller tout droit à l'évidence,
C'est ce que fit un sage; il garda le silence,
Et, pour toute réponse, il se mit à marcher.
L'autre pour fuir la honte eût voulu se cacher.
Ce muet argument t'a paru sans réplique
Et pour ton procédé tu l'as mis en pratique,
Et ceux qui l'on nié, quand il ne marchait pas,
Tomberont à genoux devant son premier pas.
Mais non, le monde, sourd à la voix des oracles.
Doute encore, ébloui par l'éclat des miracles.

Comme Thomas, pour croire au Christ ressuscité,
Il faut qu'il ait du doigt touché la vérité.
La vérité toujours passera pour mensonge.

Quand le fils de Rachel que Dieu visite en songe,
Le matin au réveil, vint, le cœur tout joyeux,
Raconter à Jacob son rêve merveilleux ;
Jacob qui se souvient de la céleste échelle
Et qui sait qu'aux cœurs purs Dieu parfois se révèle,
Du récit de Joseph ne fut point étonné ;
Et, serrant dans ses bras l'enfant prédestiné :
« Du ciel dans ses desseins adorons la sagesse,
« Dit-il ; Dieu prendra soin d'accomplir sa promesse.
« Un avenir brillant se prépare pour toi.
« Tu seras sur la terre aussi puissant qu'un roi ;
« Mais, quelque grand que soit l'éclat de ta puissance,
« Dans la prospérité garde ton innocence. »
Ainsi parla Jacob ; mais ces frères jaloux,
Ces frères que Joseph voyait à ses genoux,
Animés contre lui d'une haine secrète,
Jurèrent dans leur cœur de tuer le prophète.
Ils auraient accompli leur coupable dessein ;
Joseph fût tombé mort sous leur fer assassin,
Si Ruben que retient l'énormité du crime,
N'eût à leur cruauté dérobé la victime.
Du juste cette fois le sang fut respecté ;
On épargna sa vie, on prit sa liberté.
Dépouillé de sa robe et tout chargé d'entraves,
On vendit le prophète à des marchands d'esclaves.
Ils comptaient sur l'exil pour cacher leur forfait;
Et, le cœur sans remords du marché qu'ils ont fait,

On les vit, insultant à la douleur d'un père,
Présenter à Jacob la robe de leur frère ;
Mais Dieu sait des méchants renverser les projets
Et fait servir leur haine à ses desseins secrets.
L'exil fut pour Joseph le chemin de la gloire.
Mais tu sais mieux que moi cette touchante histoire,
Admirable de grâce et de simplicité,
Où le sublime touche à la naïveté ;
Tout récit merveilleux pour ton cœur a des charmes ;
Ce drame des vieux temps t'a fait verser des larmes,
Et, quand, libre de soins, tout entier au bonheur,
Tu reliras ces vers que m'a dictés le cœur,
En comparant ce juste à celui d'un autre âge,
Du Sauveur dans Joseph tu trouveras l'image.
Oui, ton cœur à travers le sens mystérieux
Cherchant la vérité que Dieu voile à nos yeux,
Dans ce juste vendu comme une chose vile
Verra dans le lointain le Dieu de l'Évangile.

Et maintenant, ami, s'il te plaît de savoir
Quel rapport avec toi ce sujet peut avoir,
Écoute : et, sans mentir, permets que je te conte
Tous les contes plaisants qu'on a faits sur ton compte.
Dieu sait quels traits d'esprit et combien de bons mots
Furent à ton sujet inventés par les sots.
Grâce à l'esprit de tous et qui sur tout s'exerce,
Ton savant procédé dont jouit le commerce,
Tour à tour admiré, critiqué tour à tour,
Pendant six mois entiers fut à l'ordre du jour.
« Savez-vous, disait l'un, qu'on nous la baille belle ?
« — Quoi de nouveau, dit l'autre ? — Une grande nouvelle

« Qui depuis quelque temps occupe les esprits,

« Et qui doit, avant peu, surprendre tout Paris.

« Lenert, avant huit jours, sera millionaire.

« — Votre Lenert, vraiment, n'est qu'un visionnaire

« Qu'il faut envoyer paître avec ses visions.

« C'est un homme impayable avec ses millions. »

Celui-ci, grand parleur qui jamais ne se lasse,

Riche des traits d'esprit que partout il ramasse,

Insipide faiseur d'ennuyeux calembours,

Citant à faux le texte et le sens à rebours,

T'applique un mot plaisant qu'il a pris dans un livre;

Et, comme d'amour-propre un sot est toujours ivre,

Il prend soin d'avertir qu'il fait un impromptu.

Des dépouilles du paon c'est le geai revêtu.

Celui-là dont partout on cite l'ignorance,

A son peu de savoir joignant l'impertinence,

Te mesure à son aune, et, te montrant du doigt,

Dit : « Notre pauvre ami va plus mal qu'on ne croit;

« S'il en est un plus fou je vais le dire à Rome.

« C'est fâcheux, car, au fond, c'est un excellent homme,

« Un caractère noble et plein de loyauté,

« Dont on peut hautement louer la probité:

« Un ami serviable, un cœur sans artifice.

« — Sans doute! et sur ce point chacun lui rend justice !

« Mais il n'en a pas moins, le cerveau détraqué.

« — Et quand il serait vrai qu'il fût un peu toqué !

« Qui n'a pas, plus ou moins quelques grains de folie?

« Tel croit les autres fous qui lui-même s'oublie.

« Et qui, sans trop chercher, s'il regardait en lui,

« Trouverait le défaut qu'il croit voir en autrui.

« — D'accord! mais chez Lenert la folie est complète.

« Le pauvre homme en effet s'est tant creusé la tête

« A rêver millions avec son procédé ;

« Il a tant dit, tant fait, qu'il s'est persuadé

« Qu'il porte dans la tête une Californie.

« Voyez dès le début jusqu'où va sa manie :

« D'abord il demandait quelque cent mille francs ;

« Mais bientôt ses désirs sont devenus plus grands,

« Et, jusqu'au superflu portant le nécessaire,

« D'un million comptant il eût fait son affaire.

« A la fin le manger fit venir l'appétit,

« Et voilà maintenant que, petit à petit,

« Comme l'œuf du pondeur dont parle La Fontaine,

« Son million croissant va jusqu'à la centaine.

« Mais attendons l'effet de ses prédictions

« Et laissons-le jouir de ses illusions.

« Heureux mortel ! pour lui la vie est un long rêve !

« Soit que le jour commence ou que le jour s'achève,

« Toujours d'égale humeur du matin jusqu'au soir,

« Il voit tout à travers le prisme de l'espoir.

« L'imagination aux séduisants prestiges,

« Comme ses fleurs de mai qui dansent sur leurs tiges,

« Dans des rêves brillants, à ses yeux éblouis

« Fait voir des millions en or épanouis.

« Homme d'esprit charmant, conteur inimitable,

« Rêvant toujours, toujours inventant quelque fable,

« On le croirait l'auteur des Mille et une nuits.

« Il fait des rêves d'or comme un arbre des fruits.

« — Oui ! rêver a son charme ; on peut mener son rêve

« Tant que dure la nuit ; mais quand le jour se lève

« Tout beau rêve est suivi d'un réveil décevant.

« Il se réveillera Gros-Jean comme devant. »

Ainsi dans ces discours sans liaison, sans ordre,
Chacun lançait son trait, chacun cherchait à mordre.
Du plus sage au plus fou, du plus jeune au plus vieux,
C'était un feu roulant de mots facétieux.
Chacun tirait sur toi comme sur une cible,
Et ta pauvre raison était passée au crible.
Mais le temps a pris soin de te justifier :
Rira bien, maintenant, qui rira le dernier.
Empressés à t'offrir leurs tardives visites,
Ils accourront chez toi ces flatteurs parasites,
Détracteurs de la veille, amis du lendemain,
Qui te fermaient leur bourse en te tendant la main.
Il te faudra subir leur présence importune ;
Ils viendront au réveil saluer ta fortune.
Pour te féliciter leurs cœurs sont déjà prêts.
Les flatteurs sont toujours du côté du succès.
A tous ces faux amis, ami, ferme ta porte.
Ton cœur n'a pas besoin d'amitié de la sorte.

Mais laissons s'escrimer ces diseurs de bons mots ;
Rions, sans nous fâcher, des sottises des sots.
Chacun suit son penchant ; dans sa fureur grossière,
Le sauvage africain blasphème la lumière,
Le soleil l'éblouit de ses rayons ardents.
Le serpent mort la lime, il y laisse ses dents.
C'est le sort de l'envie. Aveugle dans sa haine
On la voit s'attaquer à toute gloire humaine ;
Mais la gloire, bravant ces cris injurieux,
S'élève, atteint le faîte et plane dans les cieux.

L'aventureux Colomb rêvait un nouveau monde ;
En vain le flot mugit, l'air siffle, le ciel gronde ;
Rien ne put détourner de son monde inconnu
Ce sublime rêveur par la foi soutenu.
Et, bravant l'Océan, la foudre et la tempête,
Il partit, emportant son monde dans sa tête ;
Et, quand tout contre lui semble être soulevé,
Il triomphe de tout et son monde est trouvé.
Le grand homme accomplit sa grande destinée ;
Puis, quand le jour eut lui, sur l'Europe étonnée
Retentirent ces mots : « L'Amérique est à moi ! »
L'Europe avait douté, le monde entier eut foi.

Ainsi, toujours soumise aux plus rudes épreuves,
La foi confond l'erreur par d'éclatantes preuves.
Mais je veux d'un exemple encor plus solennel
Confirmer mon récit et le rendre éternel.
Dans les livres sacrés je prendrai pour modèle
Le plus grand des croyants par Dieu trouvé fidèle.
Dieu voulut d'Abraham éprouver la vertu ;
Le juste dans sa foi ne fut point combattu.
Près d'immoler à Dieu l'enfant de la promesse,
Du cœur qui se révolte étouffant la tendresse,
Abraham croit encore à l'oracle divin.
Il sait que le Seigneur ne promet pas en vain ;
Et tandis qu'Isaac, victime obéissante,
Tend au glaive mortel une tête innocente,
La foudre éclate et brille, et, des cieux entr'ouverts,
Descend un chérubin au milieu des éclairs.
C'est ainsi qu'aux mortels le ciel se manifeste !
« Arrête : dit la voix de l'envoyé céleste !

« Remets dans le fourreau ce glaive menaçant ;
« Dieu ne demande pas le sang de l'innocent.
« Sa mort offenserait la justice éternelle.
« Dieu voulait t'éprouver ; il t'a trouvé fidèle.
« Ton cœur de cette épreuve est sorti triomphant ;
« Le ciel est satisfait, Dieu te rend ton enfant. »

Abraham et Colomb que l'univers admire,
Grands hommes dont le cœur a subi le martyre,
Ne doivent qu'à leur foi leur immortalité.
Après ces deux grands noms ton nom sera cité :
Car tu l'avais aussi cette foi forte et pure,
Cette foi des élus, dont parle l'Écriture ;
Cette robuste foi qui transporte les monts ;
Elixir merveilleux qui fait fuir les démons ;
Introuvable levier qu'en son erreur profonde
Un savant demandait pour soulever le monde.
Triste effet de l'orgueil sur l'esprit des mortels !
Comme si la science aux calculs éternels
Pouvait renverser l'ordre établi par Dieu même !
Dieu garda pour lui seul le mot de ce problème.
Archimède eut beau faire, il n'y put arriver :
Et son fameux levier est encore à trouver.
Mais laissons aux savants débrouiller ce mystère.
Dieu sait ce qu'ils feront de notre pauvre terre !
L'un veut la culbuter, l'autre veut la brûler !
Heureusement, ami, que, pour nous consoler,
L'auteur de l'univers, en architecte habile,
Dans sa mobilité fit la terre immobile.
Et la terre en faisant ses révolutions
Emporte les savants et leurs prédictions.

Pour moi, pauvre d'esprit, sans chercher dans les astres
Les signes menaçants du dernier des désastres,
J'occupe mes loisirs à cadencer des vers.
Je laisse à Dieu le soin de régler l'univers;
Et, confiant en lui, dans une paix profonde,
Sans m'en inquiéter, j'attends la fin du monde.
Et, narguant la comète objet de tant d'effroi,
Je reprends mon sujet et je reviens à toi.
Quand des jours écoulés je remonte le fleuve,
Quand je vois ton grand cœur en ces longs jours d'épreuve,
En butte à tous les traits, luttant seul contre tous,
Abreuvé de refus, saturé de dégoûts,
Des sots et des savants bravant le ridicule,
Imposer sa croyance à ce siècle incrédule,
J'admire ton succès, sans en être étonné;
Et je me dis : cet homme était prédestiné!
On ne croira jamais sans preuves authentiques
Tout ce qu'il t'a fallu de ruses politiques
Pour atteindre ce but qui fuyait devant toi.
Prudence, habileté, franchise, bonne foi,
Force de volonté que rien ne décourage;
Ton zèle infatigable a tout mis en usage!
Que d'éloquents discours dignes d'un avocat!
Que de combats livrés sans aucun résultat!
Que d'efforts impuissants, d'inutiles ressources!
Que d'ennuis, de soucis, de démarches, de courses!
Arriver avant l'heure au rendez-vous promis;
Voir l'espoir de la veille au lendemain remis;
Voir ses plus beaux projets l'un l'autre se détruire,
Les plans les mieux ourdis ne servir qu'à vous nuire;
Tourner autour d'un cercle et n'en pouvoir sortir;

Debout, le jour, la nuit, toujours prêt à partir ;
Aller d'Anne à Caïphe et de Ponce à Pilate !
Jamais homme d'État, courtisan, diplomate,
Pour faire aimer au peuple un pouvoir détesté,
N'inventa plus de ruse et plus d'habileté.
Ce n'est point toutefois à cet art hypocrite
Que de ton procédé tu dois la réussite.
L'art de dissimuler ne fut point fait pour toi ;
Toute ta politique est dans ta bonne foi.
Ta voix au fond du cœur trouve son éloquence ;
Ton abord imposant, mais plein de bienveillance,
Ce ton persuasif que dans un entretien
Ta voix sait si bien prendre et qui lui sied si bien,
Font que dès le début ta parole intéresse.
Pour t'entendre parler on t'entoure, on te presse.
D'abord dans ton récit plein de sincérité
Comme dans un miroir se peint la vérité ;
Puis insensiblement ta foi se communique,
Ta bonhomie inspire un attrait sympathique ;
Enfin la confiance éloigne le soupçon,
Et l'on finit toujours par te donner raison.
C'est que la loyauté qui te caractérise
A tout ce que tu dis donne un air de franchise ;
Tu sais plaire à l'esprit, tu sais toucher le cœur ;
Il semble, en t'écoutant, qu'on se trouve meilleur.
Le cœur respire à l'aise, et, pour tout dire en somme,
On sent vibrer en toi l'âme d'un honnête homme.
Et ne prends point ceci pour un vain compliment.
Nul ne protestera contre ce jugement ;
L'assentiment public l'a confirmé d'avance,
Ce que j'ai dit de toi tout le monde le pense.

C'est l'hommage d'un cœur qui n'a jamais flatté
Et tu peux être fier de l'avoir mérité.
Ce n'est pas si commun, dans le siècle où nous sommes,
D'être placé si haut dans l'estime des hommes !
Tel qui pour sa fortune en tous lieux est vanté
N'oserait au grand jour montrer sa probité.
Fortune et probité c'est la plus belle chose,
Mais il est des devoirs que la richesse impose.
Tu sauras les remplir ; ton cœur né généreux
Mit toujours son plaisir à faire des heureux.
De son trop de bonté souvent même il fut dupe ;
Que ce ne soit point là le souci qui t'occupe !
De quoi te plaindrais-tu ? le monde est ainsi fait,
L'oubli dans bien des cœurs précède le bienfait.
Fais le bien pour le bien, par pure bienfaisance,
Et ne compte pas trop sur la reconnaissance :
Car souvent un bienfait sur le cœur escompté,
Au jour de l'échéance arrive protesté.
Tout cœur humain contient un peu d'ingratitude,
Sois toujours simple et bon selon ton habitude ;
Sans ostentation montre-toi généreux ;
Laisse ce plaisir vain aux esprits vaniteux.
Garde-toi de l'orgueil, cette lèpre du riche ;
Dieu n'attache aucun prix au bienfait qui s'affiche.
Du prétexte divin fidèle observateur,
A l'ombre du bienfait cache le bienfaiteur.
L'œil de Dieu qui pénètre à travers la nuit sombre
Saura bien voir la main qui s'épanche dans l'ombre,
Et les biens qu'ici-bas notre cœur a semés
Nous les cueillons au ciel en vertus transformés.

Par ces sages conseils d'une amitié sincère
Où le cœur parle au cœur comme un frère à son frère,
J'ai voulu t'enseigner l'art de faire le bien,
Et pour donner du prix à ce simple entretien,
Dans les livres sacrés j'ai puisé ces préceptes
Que je t'offre en ami comme tu les acceptes.
Voilà ce que pour toi m'a dicté l'amitié.
Il me reste à parler de ton associé.
C'est par lui, qu'en suivant l'ordre chronologique,
J'aurais dû commencer ce récit poétique;
Car, s'il faut à chacun rendre ce qu'on lui doit,
L'honneur du premier rang lui revient de plein droit.
Mais la vieille amitié qui vous unit ensemble
Forme des nœuds si doux entre vous, qu'il me semble
Qu'en te parlant de toi je t'ai parlé de lui.
Cette excuse au besoin me servirait d'appui.
Mon cœur a pris Cossus pour un autre toi-même,
Et c'est peut-être au fond un adroit stratagème
D'avoir su réserver son portrait pour la fin?
C'est toujours au dessert qu'on sert le meilleur vin.

Penseur profond, doué d'un génie admirable,
Esprit vif et fécond, chercheur infatigable,
Mais, faisant bon marché de sa fécondité,
Père fier à bon droit de sa paternité;
Mais délaissant souvent, quand il est près de naître,
L'enfant déjà conçu pour celui qui doit l'être,
Cossus trouva l'idée! Un savant breveté
Du titre d'inventeur se serait contenté.
Grand comme ingénieur et grand comme chimiste!

Nature opiniâtre à qui rien ne résiste,
Cossus alla plus loin, se remit à chercher
Et trouva le secret de la faire marcher.
D'un art nouveau pour lui faisant l'apprentissage,
Comme un simple manœuvre il se met à l'ouvrage,
Et, de son seul génie en marchant secondé,
Il crée, il exécute un nouveau procédé.
Un compas à la main, au fond de son usine,
Il se trace le plan d'une vaste machine,
Dont lui-même il invente et règle les ressorts ;
Et bientôt, le succès couronnant ses efforts,
Il se révèle artiste, et le simple manœuvre
Parvient, en se jouant, à produire un chef-d'œuvre.
Ainsi, dans un essai, le génie inventeur
Force l'art à le suivre et devient créateur.
Dans un dessin savant, fort simple en apparence,
L'art éclate au grand jour dans toute sa puissance ;
La simplicité même est un effet de l'art.
Un habile ouvrier ne fait rien au hasard ;
Dans les moindres détails on sent la main du maître.
Par un chef-d'œuvre d'art Cossus s'est fait connaître,
Son nom brille à nos yeux d'un éclat immortel ;
Et la postérité qui juge sans appel,
Mesurant au talent la gloire qu'elle donne
Ceindra son front vainqueur d'une double couronne.
Pourtant, quand le regard plonge dans le passé,
D'un sentiment pénible on se sent oppressé !
D'où vient que toute gloire en naissant est ternie ?
Est-ce donc le malheur qui sacre le génie ?
Ce modeste savant qui manque à l'Institut
Serait mort oublié s'il n'eût atteint le but.

La gloire coûte cher ! Que de soins ! Que de veilles !
C'est peu que le génie enfante des merveilles ;
C'est peu que de la lutte il sorte triomphant ;
Il faut qu'il veille encore au salut de l'enfant.
C'était trop pour Cossus dont la pensée active
Tient la France en éveil et l'Europe attentive.
Cossus dont le génie est une mine d'or,
Dont le moindre filon vaut seul tout un trésor,
Sûr de devenir riche au gré de son caprice,
Ne pouvait pas descendre au rôle de nourrice.
C'est à toi, digne ami, que revenait ce soin.
Cossus n'eût jamais pu trouver mieux au besoin.
Avec quel dévoûment et quelle complaisance,
Ta prudente amitié veilla sur son enfance !
Sans les soins assidus de ton cœur caressant,
L'immortel nouveau-né serait mort en naissant.
Fort de tempérament, riche de caractère,
Digne de sa nourrice et digne de son père,
Il s'est fait homme, et, fier de sa virilité,
Il marche dans sa force et dans sa liberté.
Il marche : et désormais, pour peu qu'on le seconde,
Il fera promptement son chemin dans le monde.
Votre espoir mis en lui ne sera point trompé.
Sa fortune commence ; à peine émancipé,
Déjà dans tout Paris on l'accueille, on le fête ;
On s'occupe de lui plus que de la comète.
Grâce à lui désormais vos noms sont immortels ;
La gloire vous élève au-dessus des mortels.
Ainsi donc entre vous point de lutte rivale.
Par cette invention qui sera sans égale,
Tous deux de la patrie avez bien mérité ;

Tous deux vous avez droit à l'immortalité.

Cossus ouvre pour toi le temple de la gloire ;

A l'ombre de son nom tu vivras dans l'histoire ;

Mais Cossus te devra son bonheur tout entier.

Et son cœur est trop grand pour jamais l'oublier,

Il en a fait l'aveu lui-même en ma présence.

Des services rendus un cœur ingrat s'offense ;

Un cœur noble au contraire en tire vanité.

Qui décline un bienfait ne l'a pas mérité.

Vous ne vous devez rien qu'une estime profonde

Que vous garderez pure aux yeux de tout le monde.

On dira quelque jour de Cossus et de toi :

L'un avait le génie et l'autre avait la foi ;

Ils mirent en commun ces dons de la nature

Et formèrent entr'eux l'amitié la plus pure.

Et grâce aux résultats qu'elle nous a valus,

La France compte en eux deux bienfaiteurs de plus.

Mais tandis que pour vous je devance l'histoire,

Le peuple, ivre de joie, acclame votre gloire.

Ecoutez ce grand bruit par l'écho répété !

La gloire vous attend dans la grande cité.

Rome s'impatiente, il lui faut son idole,

Au milieu des bravos montez au Capitole.

Paris. — Typographie de Gaittet et Cie, rue Git-le-Cœur, 7.

Paris. — Typographie de Gaittet et Cie, rue Git-le-Cœur, 7

www.ingramcontent.com/pod-product-compliance
Lightning Source LLC
Chambersburg PA
CBHW061520170626
46811CB00004B/1784